THE ICHINOSE FAMILY'S DEADLY SINS

4

Soutas Wahrheit

taizan5

Auftretende Figuren

Tsubasa Ichinose

17-jähriger Junge, der aus einem vierjährigen Koma erwacht. Träumt auch danach noch jede Nacht davon, wie er nach dem Unfall wieder aufwacht.

Shiori Ichinose

Tsubasas kleine Schwester geht inzwischen in die 11. Klasse und scheint nach den vier Jahren jegliche Sympathien für ihren Bruder verloren zu haben.

Story

Der Mittelschüler Tsubasa Ichinose verliert bei einem Autounfall sein Gedächtnis. Wie sich beim Wiedersehen mit seiner Familie herausstellt, leiden auch alle übrigen Familienmitglieder unter Amnesie?! Noch dazu scheint er in einer Zeitschleife gefangen zu sein, die jedes Mal von vorn beginnt, wenn er dem Geheimnis hinter dem Unfall auf den Grund zu gehen versucht. Souta teilt ihm schließlich mit, dass Tsubasa in Wahrheit seit vier Jahren im Koma liegt und dass das, was er für seine Realität hielt, seine Traumwelt ist. Scheinbar muss er zunächst seine Vergangenheit akzeptieren, um aufzuwachen, und so begibt sich Tsubasa mithilfe eines Fotoalbums zu bekannten Orten von früher, jedoch vergebens. Da seine Familie glücklich zu sein scheint, gibt er den Gedanken ans Aufwachen irgendwann auf. Eines Tages erwacht er dann aber doch aus heiterem Himmel in der Gegenwart! Die Odyssee durch seine Träume geht allerdings unverändert weiter, Nacht für Nacht. Um ein für allemal herauszufinden, was all das zu bedeuten hat, fasst Tsubasa den Entschluss, sich seiner Familie zu stellen!

Minako Ichinose

Tsubasas Mutter befindet sich wegen Bulimie in Behandlung. Sie entpuppt sich als viel fröhlicher, als Tsubasa sie in Erinnerung hatte.

Kakeru Ichinose

Tsubasas Vater isst ungern Scharfes. Er versöhnt sich mit Minako und empfängt Tsubasa warmherzig, als dieser aus dem Koma erwacht.

Sachie Ichinose

Tsubasas Großmutter möchte Tsubasa davon abhalten, in der Vergangenheit zu wühlen, da sie nicht möchte, dass sich Kozo an seine Krankheit erinnert.

Kozo Ichinose

Tsubasas Großvater war Physikprofessor an der Universität. Obwohl er geistig fit wirkt, leidet er an Demenz.

Yuki Nakajima

Tsubasas ehemaliger Klassenkamerad wollte sich vom Dach des Krankenhauses stürzen, doch Tsubasa konnte ihn in letzter Sekunde aufhalten.

Souta

Sagt Tsubasa, dass er sich in einer Traumwelt befindet. Er und Tsubasa scheinen sich von früher zu kennen...

THE FAMILY'S

The Ichinose Family's Deadly Sins

Inhalt

Aus dem Japanischen von Gandalf Bartholomäus

Wie meinst du das?

Shiori.

Hä?

Wenn man sein Gedächtnis verliert.

Muss praktisch sein, oder?

Kapitel 26: Shioris Geständnis

Reim's dir selber zusammen, Kackbruder!

Shiori...

Was ist denn mit der los?!

PATAMM

... war seit dem Unfall die ganze Zeit so.

Nachts streunt sie immer irgendwo draußen rum.

Wir hatten gehofft ...

... dass sich das mit deiner Rückkehr ändert.

... mach dir keinen Kopf! Das soll dich nicht belasten!

Aber ...

Hat sie mich Kackbruder genannt?!

Wir haben uns vier Jahre nicht gesehen und dann das?!

So eine kleine Schwester kann mir gestohlen bleiben!

Von so jemandem...

Tsubasa!

BLITZ

...lass ich mir meine Laune nicht vermiesen!

So was von!

Ich hab zur Feier deiner Rückkehr Brathähnchen gekauft!

Hast du Hunger?

Galileo ist da!
Der süße
Nachtreiher!

Shiori!

Wie lächerlich...

Bitte!

Ohne dich...

... sind unsere Essen als Familie nicht das Gleiche!

Wie lang willst du noch schmollen?!

Komm doch einfach dazu!

Hör mal...

Shiori!

Nein, du hörst jetzt mal zu!

Wie redest du denn...?

Freu dich nicht zu früh, Vollpfosten!

Bald ist wieder alles wie früher, glaub mir.

Hä?

Haben wir uns auf einmal alle lieb?

Machen wir jetzt einen auf heile Familie?

Shiori...

Deine Entschuldigung...

Tut mir leid.

Für alles.

... bringt jetzt auch nichts.

Dafür ist es zu spät.

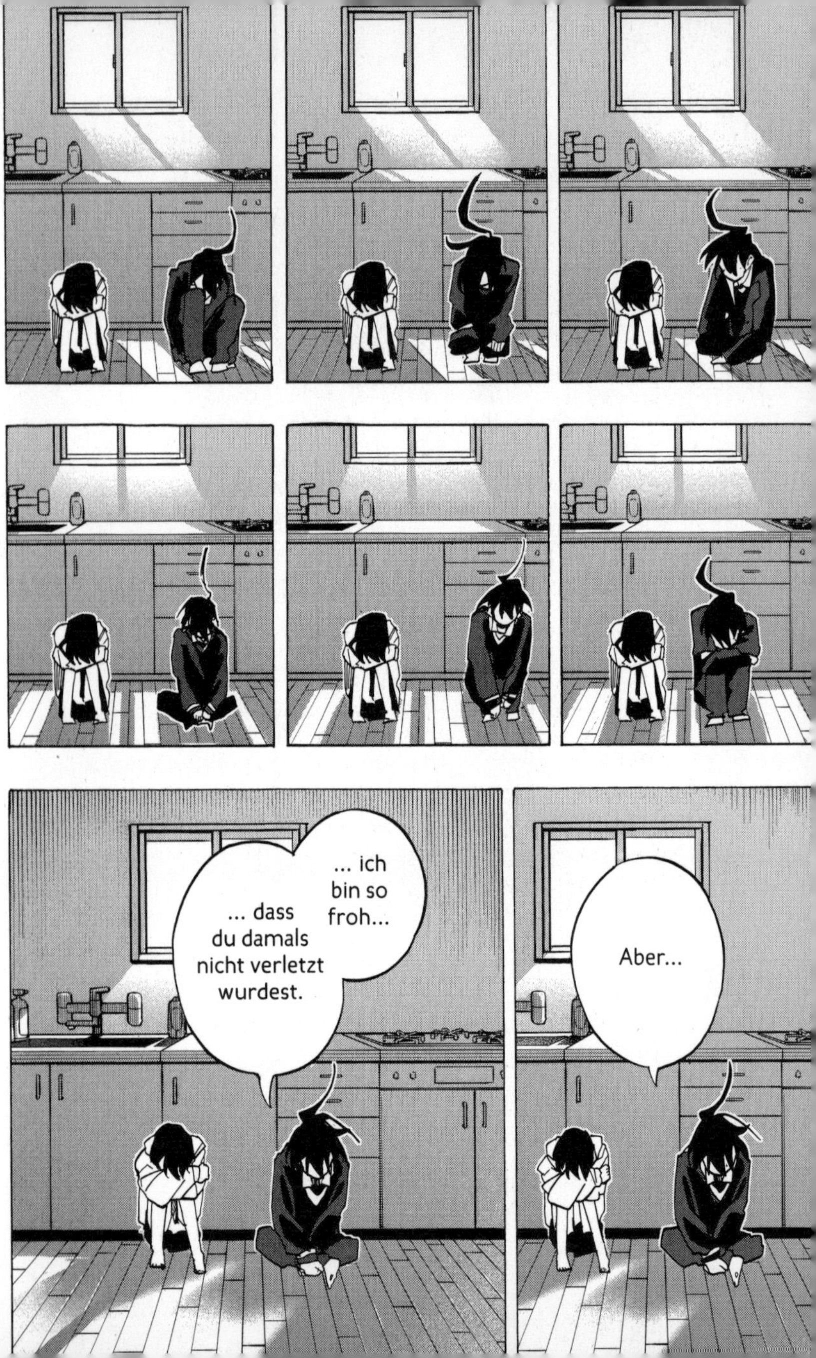
Aber...
... ich bin so froh...
... dass du damals nicht verletzt wurdest.

... oder bleibende Narben oder so...

... Spätfolgen davongetragen hättest...

... fänd ich das richtig Kacke.

... das Schlimmste abbekommen hab.

Und dass ich...

Wenn du...

Was?

Und...

Was redest du da?

... ich freu mich, dich wiederzusehen.

... dass es dir gut geht.

Danke, Shiori...

Während ich schlief...

Du spinnst doch...

Ich durfte vor mich hin träumen...

... ging das Leben für die anderen weiter.

Ich weiß immer noch nicht...

Morgen.

... während meine Schwester zu kämpfen hatte.

Oh...

Hey!

... was ich ihr sagen soll.

Erst vier Jahre nur am Pennen...

Mampf mir den nicht weg!

Den Pudding hab ich gekauft!

... und jetzt frech werden, oder was?!

Dann schreib halt deinen Namen drauf!

Ach, ja?

Jupp!

Sind halt doch Geschwister, oder?

Bis später!

... mein Neuanfang.

... begann...

Und so...

Also, ich muss hier lang.

Okay.

Aus 'nem guten Grund!

Nerv nicht, okay?

Warte, wo gehst du eigentlich hin?

Ich bin noch in Behandlung!

Du schwänzt doch genauso.

Heute ist 'n normaler Schultag!

Triff dich lieber mit deinen Freunden!

Äh...

KLANG

Du bist ...

... noch nicht volljährig!

Sag nicht, du triffst dich noch mit diesem Shuta?

Ha-ha-ha!

Ciao!

... sage ich nicht nur als dein großer Bruder...

Und das...

KLANG

KLANG

Wie bitte?

KLANG

Wie hat sie das gemeint?

Hä?

Hab sogar seinen vollen Namen recherchiert...

... weil er mir komisch vorkam.

Warum sollte ich ihn nicht kennen?

Im Traum haben wir doch ausführlich über ihn geredet.

Ähm... Moment mal!

Kaum zu glauben, dass Shiori...

... vor vier Jahren mit so jemandem ausging!

Da stimmt
was nicht!

Kapitel 27: Tsubasas Verdacht

Was hatte
der dann in
meinem Traum
zu suchen?

Vor vier
Jahren wusste ich
nicht, wer Shuta
Anamizu ist.

Shiori
macht sich
seitdem
rar, sonst
würde ich
sie fragen.

Bingo!

Ich kann's
mir auch
nicht
erklären.

Ich
check's
nicht...

Hä, wie
soll das
gehen?

Und du hast immer noch jede Nacht diesen Traum...?

Jepp, nach wie vor.

Ich raff's nicht!

Ich dachte, das war nur meine Form von Realitätsflucht.

Aber...

... ich hab den Traum noch immer.

Jedes Mal bin ich mit Amnesie aufgewacht.

Mittendrin sind dann irgendwann meine Eltern verschwunden.

Das ist mehr als nur irgendein komisches Phänomen, das im Koma auftritt.

Das steckt mehr dahinter...

Tsubasa.

Opa meinte, er habe die Schleife schon 2000 Mal durchlaufen.

Und...

... der Traum war von Anfang an merkwürdig.

Oh...

Oma!

Tsubasa.

...

BLI—

TZ

Tsubasa.

... dass du aufgewacht bist!

Ich bin so froooh ...

Endlich ist er wieder zu Hause...

Weil...

... war Oma nicht zu Hause.

Die letzten Wochen ...

Ja...

... Tsubasa!

Äh...

Geh...

... und sag hallo, ja?

Also doch.

... mich nur vor der Realität drücken.

In meinem Traum wollte ich...

... ist hier.

Tsu-basa...

Schau!

Kozo...

Weil...

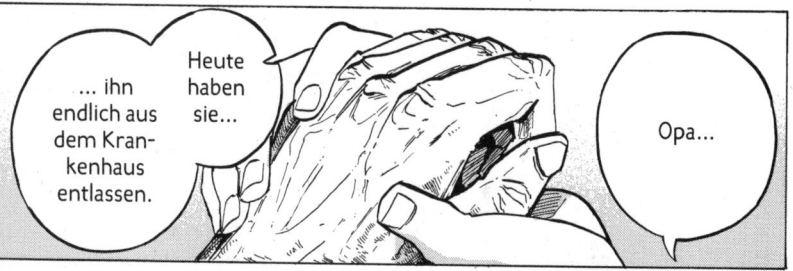

... ihn endlich aus dem Krankenhaus entlassen.

Heute haben sie...

Opa...

... die ich nicht wahrhaben wollte.

Und quasselt auch nicht mehr drauflos wie früher.

Er kann nicht mehr aufstehen.

... ist seine Demenz rapide fortgeschritten.

Nach dem Unfall ...

Aber...

Opa...

Das ist die Realität...

Seitdem ist er bettlägerig.

... ich bin mir sicher, dass er sich unglaublich freut...

... dich endlich wiederzusehen!

Be-stimmt...

Und doch...

Mein Tsubasa!

... als mir über diesen blöden Traum den Kopf zu zerbrechen.

Es gibt gerade echt Wichtigeres...

Was hast du denn, mein kleiner Tsubasa?

Oh!

Leute...!

Warum ...?

Tsubasa?

Oh!

Sorry!

Alles okay?

Du warst voll weggetreten.

Ich hab gar keinen Grund, mich vor der Realität...

Zu Hause ist eigentlich wieder alles harmonisch.

Tsubasa!

Der Traum nagt immer noch an mir.

Ich...

... schlaf gerade nicht so gut.

Ich mach einen Termin.

Du hast recht.

Tsubasa.

Irgendwas stimmt nicht mit dir!

Du solltest echt zum Arzt gehen!

...

... nie-
mandem
trauen!

Schon
wieder
...
... ein
Traum?

TICK *TICK* *TICK* *TICK* *TICK* *TICK* *TICK*

02:35 06/05 MO

Hier
auch.

Opas
Zimmer?

Nanu?

Leider ist der Schlüssel verschwunden...

Obwohl er sich davor ständig darin verkrochen...

... und an irgendwas getüftelt hat.

Seit dem Unfall hat Kozo auch hier keinen Fuß mehr reingesetzt.

Hm?

Ist da jemand?

KLACK

Die Tür ist offen?

... sonst könnten wir mal reinschauen.

Das muss ich nachher Oma sagen!

Die Tür war nicht abgeschlossen.

Ich mach mal mit dem Handy Li...

Fühlt sich irgendwie falsch an.

Hallo?

Boah, ist das dunkel hier.

In Opas Zimmer war ich zuletzt...

... als ich noch klein war.

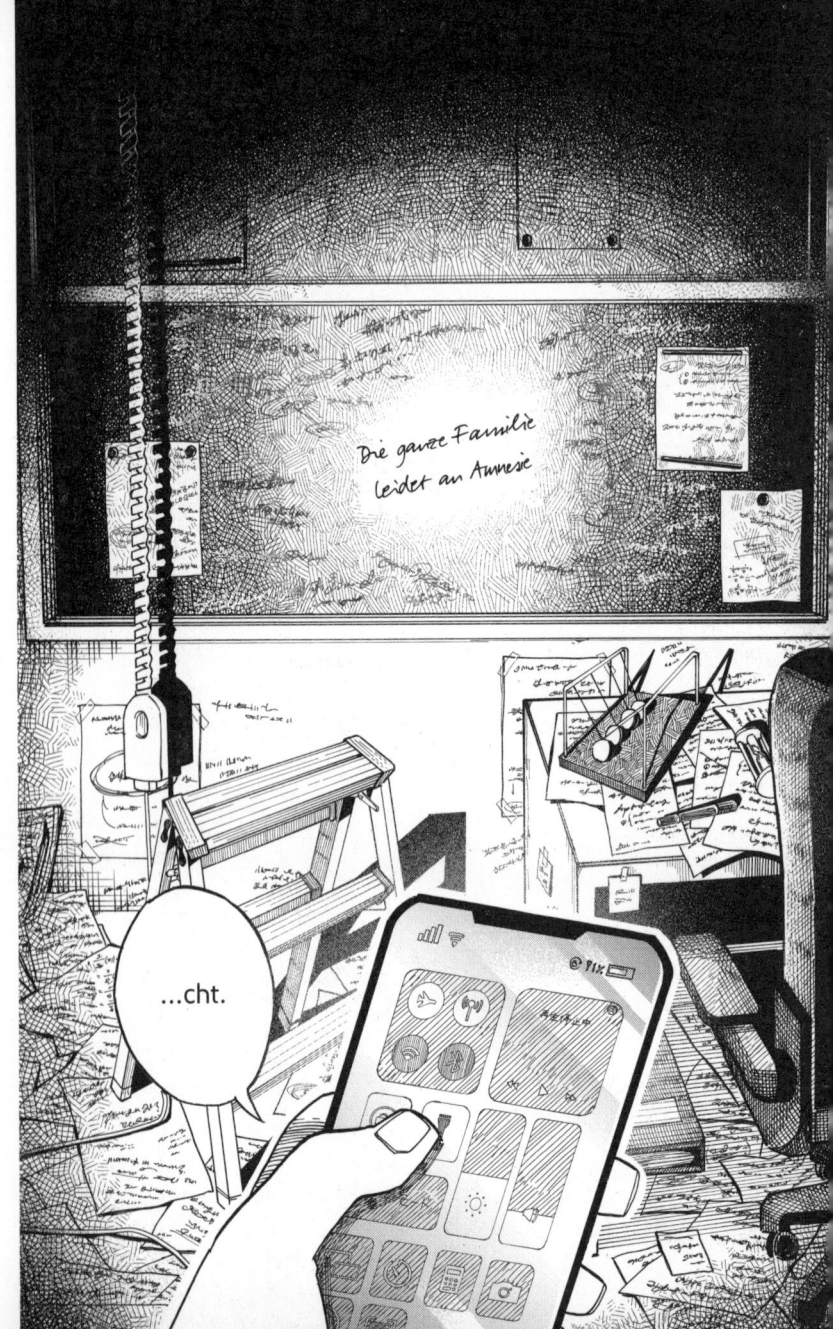

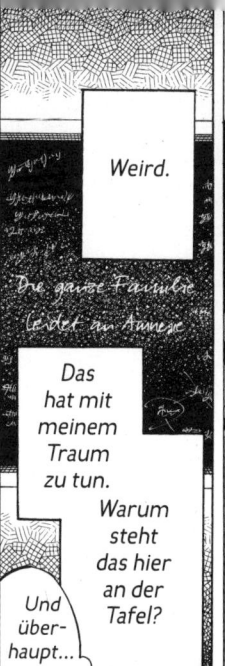

Entschuldige bitte, ich hab mir nur Sorgen gemacht, weil du nicht aufstehst.

Guten Morgen, Tsubasa.

Oh!

KLACK

Oh.

Morgen, Tsubasa!

Ich dachte schon, dir geht's nicht gut oder so.

Sorry.

Ach.

Schon gut.

Frühstück steht auf dem Tisch!

TOCK

Zum Abendessen bring ich ein paar Reste mit!

Morgen!

Ich hab Frühschicht.

Tsubasa!

Tsubasa.

Klingt gut.

Ja.

Irgendje-
mand hat
mir...

... diesen
Zettel unter
der Tür
durchge-
schoben.

Schnüffle nicht
im Traum herum!

Warum
wissen die
plötzlich
Bescheid
darüber?

Von meinem
Traum hab
ich eigentlich
nur Nakajima
erzählt.

Und...

Warum?

Wozu?

Das war bestimmt dieselbe Pers...

Tsubasa?

... irgendjemand hat mir gestern in Opas Zimmer seine Hand auf die Schulter gelegt.

Stimmt was nicht?

Tsubasa?!

Wirkt eigentlich nicht so.

Könnte der Zettel von einem der beiden stammen?

Keinen Appetit?

Wäre dir Reisbrei lieber gewesen?

Geht's dir doch nicht gut?

Nein, alles gut.

Tsubasa.

Äh.

Nee.

Ah!

Morgen, Oma!

Morgen, Tsubasa.

... Oma...

Sag mal...

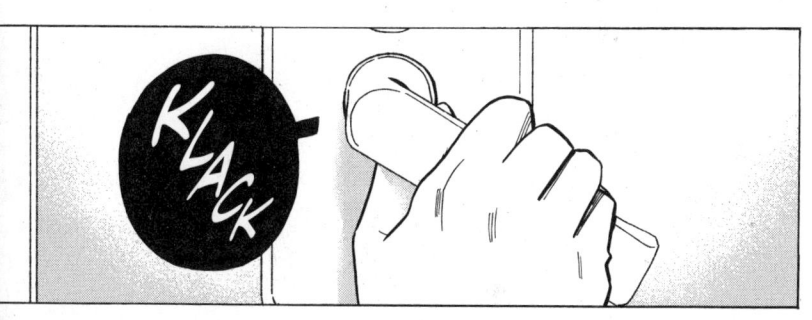

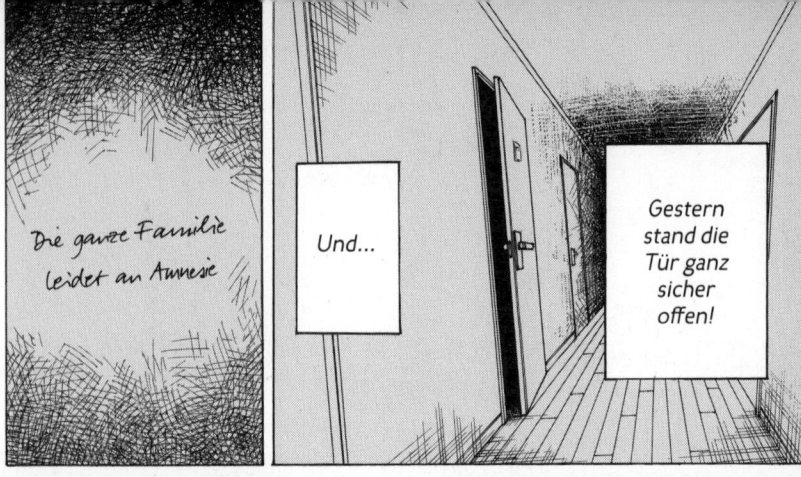

Die ganze Familie leidet an Amnesie

Und...

Gestern stand die Tür ganz sicher offen!

... noch mal da rein!

... muss ich irgend- wie...

Wenn sich das Geheim- nis meines Traums in Opas Zimmer verbirgt...

Tsubasa.

Sei vorsichtig.

Du wirst ...

... schon wieder be-obachtet.

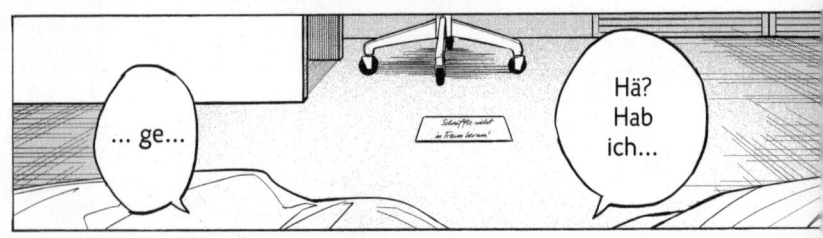

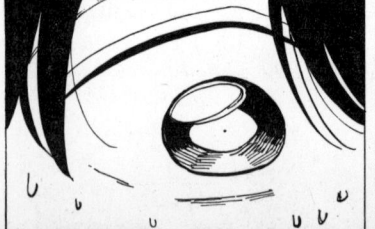

Mein Traum hat damit zu tun.

... dass es irgendetwas gibt, was jemand vor dir verbergen will.

Diese Warnung bedeutet doch...

Alter!

Was soll das denn?!

Aber kein Plan, von wem die Zettel kommen.

Ja, seh ich auch so.

Keine Ahnung!

Musst du gerade irgendwas nehmen?

Von Erkältungsmitteln wird man ja auch übelst müde.

Könnte das...

... an den Medikamenten liegen?

Oder warum ich immer von jetzt auf gleich hundemüde werde.

Hm?

Wenn ich so darüber nachdenke...

BLITZ

... ist mir das schon öfter passiert.

Nicht, dass ich wüsste.

Hm.

... als ich angesprochen wurde.

Das hatte ich auch in Opas Zimmer...

Dieses Gefühl, plötzlich das Bewusstsein zu verlieren und nicht mehr Herr meiner Sinne zu sein...

Und dann war plötzlich Morgen.

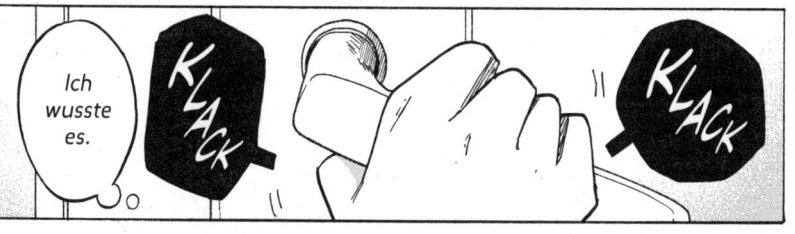

Ich wusste es.

KLACK

KLACK

... ich solle niemanden reinlassen.

Opa meinte...

Äh...

Ja, Tsubasa?

Also hör bitte auf, es zu versuchen.

Oh.

Oma!

Was dieses Zimmer angeht...

Tsubasa.

Abgeschlossen.

... ist irgendwas im Busch!

Ich muss...

In meinem Traum...

In diesem Haus...

In unserer Familie...

So kann das nicht weiterge-hen!

Hä?

Shiori...?

In Bezug ...

... auf das Geheimnis meines Traumes...

... hatte ich beim Unfall auch schon!

BLITZ

BLITZ

Könnte das an den Medikamenten liegen?

Aber ja! Dieses Gefühl...

BLITZ

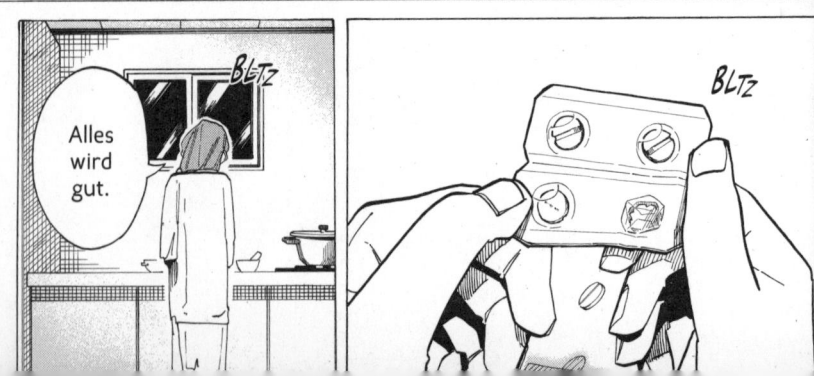

Alles wird gut.

BLTZ

BLTZ

Tsubasa...

... wieder eine tolle Familie.

So wird aus uns...

Iss auch morgen wieder brav auf, ja?

Shiori!

Warte
doch!

Tsubasa?

POGH

Warum
...

Warte!

Shiori!

Tsubasa...

Tsubasa.

Bruder...

Ein Traum ...

Hah!

Hah!

Kein Zweifel.

Na, warte! Damit kommt sie nicht durch!

Ist doch mega, Mann! Du bist ein Spion!

Das macht ...

... dir Spaß, oder?

Schon okay, sie kennt dich nicht!

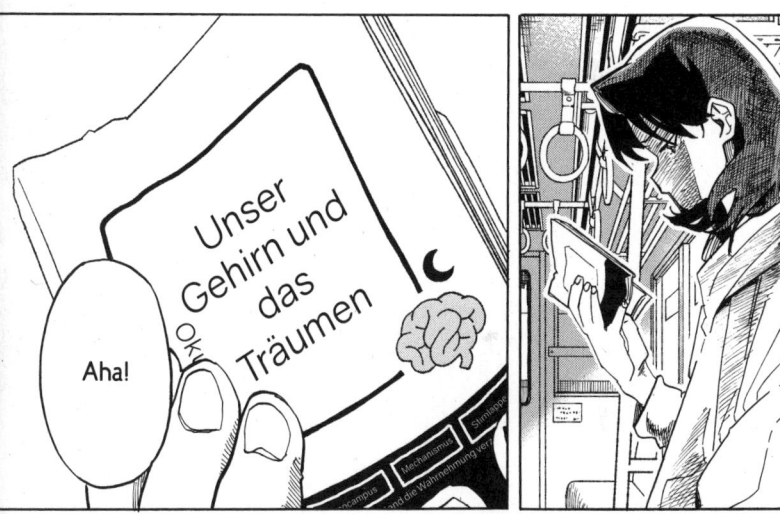

Unser Gehirn und das Träumen

Aha!

Okay ...

Aber ...

Shiori muss mehr über meinen Traum wissen!

Die Zettel stammen von ihr!

Sie liest übers Träumen!

Okuda
Memorial
Hospital

Was
macht
sie hier?

Shiori ist
eigentlich
nicht mehr
in Behand-
lung.

Das ist
unser
Arzt von
damals!

SCHWUPP

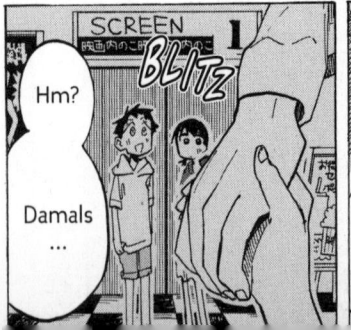

SCREEN 1
BLITZ

Hm?

Damals
...

suchung

Charlie's
Angels und
so.

So Spion-
Zeug fandest
du schon im-
mer super.

Den
haben wir
zusammen
geguckt!

Ah!

Spinnst du jetzt komplett, oder was?!

GRR GRRR

Musst du gerade sagen!

Tut mir leid!

Du warst gestern in meinem Zimmer!

So ein Kackbruder!!

GRRR

Ich glaub's nicht!

Warum zur Hölle...

GRR GRRR

GRRR

... verfolgst du mich?!

GRR

Aha! Mein Traum!

Was?!

Ich wollte dich gestern...

Ich wusste es!

... nur was zu deinem Traum fragen!

... so was von durchschaut!

Ich hab dein Spiel...

Hast du gehört?

Hä?

Schniffle nicht

Diese mysteriösen Zettel...

Schniffle nicht im Traum herum!

... kommen von dir!

Hm? Was soll das sein?

Was steht da?

Hab ich noch nie gesehen.

Was?

Du hast es doch geschrieben!

Wie bitte?!

Jede Nacht schickt mir jemand so 'nen Zettel!

Echt?

Komm schon!

Das kannst nur du gewesen sein!

Sei bitte ehrlich!

... mit einem weiteren dieser Zettel!

... plötzlich wieder in meinem Zimmer...

Und auch gestern, nachdem ich dich gesehen hab, war ich...

Shiori?

Gestern...

... irgendjemand weggebracht haben!

... muss dich...

... liegenlassen.

Sorry, hab dich...

... bist du einfach weggepennt.

Da-nach...

Wie fies!

Tsubasa.

Bei uns zu Hause stimmt was nicht.

Das ist doch nicht normal.

... sind Drohungen!

Du hast den gleichen Traum, oder?

Diese Zettel...

Darin leiden wir alle an Amnesie.

Manchmal wird's zu viel, dann rede ich mit unserem Arzt.

Ich...

... habe seit dem Unfall immer den gleichen Traum.

... auf einmal übertrieben gut drauf.

... waren Mama und Papa...

... kurz bevor du aus dem Koma aufgewacht bist...

Und...

Irgend-
wie...

Als hätten
sie alles
vergessen,
was pas-
siert war.

Und
dann...

... ist ihr
Lachen
total fake.

Weil
sie mich
wieder-
hatten,
oder?

Ach
so?

Nein!

Ist doch
schön,
wenn ich
das so sa-
gen darf.

Sou?

... ist
da noch
Sou!

Meinst
du da-
mit...

POCH

Warte!

Shiori!

Vergiss
es.

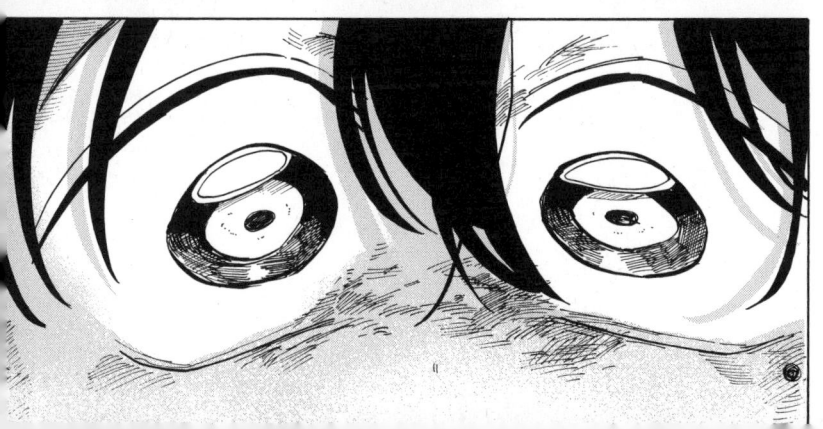

Guten Morgen...

...mein kleiner Tsubasa!

Ich hole die anderen.

Warte.

Oma!

... zusammengebrochen. Ich war besorgt.

Du bist ...

Die Nachrichten in meinem Zimmer...

... kommen von dir, oder?

Wie in meinem Traum.

Du hast »mein Tsubasa« gesagt.

Wie kommst du darauf?

... was dieser Traum ist!

Bitte, Oma. Sag mir...

PO

CH

Du willst es wissen?

POCH

Du weißt es doch, oder?

Shiori hat auch Angst.

Mein großer Bruder!

Hat echt Spaß gemacht, Tsubasa!

... das letzte Mal, dass ich diesen Traum hatte.

Das war...

Kapitel 30:
Soutas Erinnerung

*... Vorzei-
gebruder.*

Danke!

Ich
hab's
entwi-
ckelt.

Hier, das
Foto von
neulich.

*Immer
freundlich,
gutaus-
sehend,
stark.*

Und...

Ich wollte nur 'nen Schnappschuss von euch beim Spielen.

Ach, komm.

Shiori wird so sauer sein.

Er...

Sorry, ich dachte, ich hätte euch besser erwischt.

... und seine Kamera waren unzertrennlich.

Das Foto ist ja cool!

Ey!

Ja.

Fotografieren macht dir echt Spaß, oder?

Du wirst immer besser.

Ja.

Jippie!

Findest du?

Hä?

Und ich werde Fotograf.

Be- stimmt.

Ich werd mal Pro- fispieler!

Total!

... liebst Fußball, oder?

Und du ...

Ich dachte, du hilfst Opa mit seiner Forschung?

... hab ich das Fotografie- ren lieben gelernt.

Durch die Fotos von euch...

... und jede Men- ge Fotos schießen.

Ich will die Welt berei- sen...

Du willst uns verlassen?

Irgendwann mal.

Souta...

Viel Erfolg!

Und ...

Bis dahin ist es noch lange hin.

Ich muss ja auch noch mit Opa reden.

Shiori wird traurig sein.

Ich bin mir sicher, dass dich alle unterstützen werden.

Ich liebe deine Fotos, Souta.

Wir sind ja 'ne Familie.

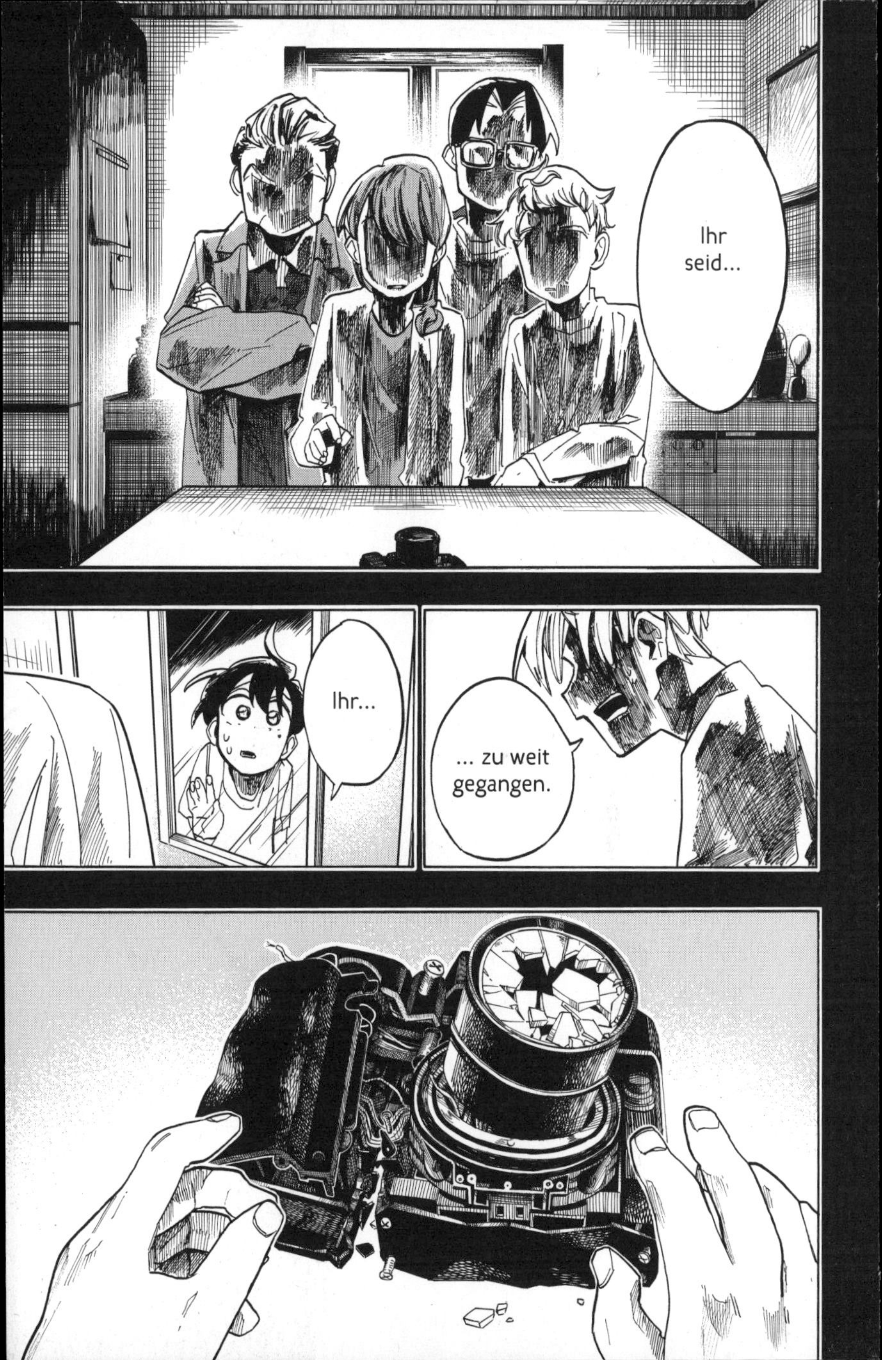

Ihr
seid...

Ihr...

... zu weit
gegangen.

... seid nicht mehr meine Familie!

Ah!

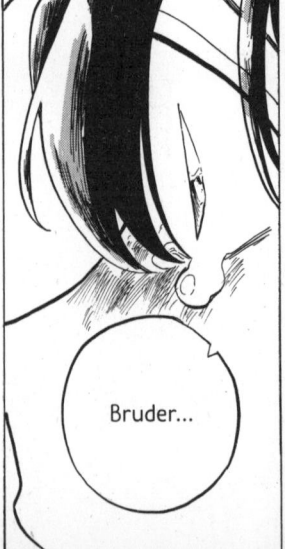

Bruder...

Warum habe ich das vergessen?

Hah!

Hah!

Hah!

Wo er wohl ist gerade?

Er kehrte uns den Rücken und kam nie wieder zurück.

Warum tauchte er in meinem Traum auf?

Und warum ...

... weigern sich alle, von ihm zu reden?

...
Soutas
Zimmer
verges-
sen? Das
7. Zim-
mer!

Kanda

Akihabara — Tokyo

Entschuldigung!

Kapitel 31: Sachies Erinnerung

Das nächste Experiment wird zeigen müssen, ob...

Hm... Dazu gibt es mehrere Theorien.

Hallo?

Ich dachte nur...

Äh...

Sind Sie wach?

Der letzte Zug...

... fährt gleich ab, also...

Damals wusste ich auch nicht...

Kozo.

... dass er vierzig Jahre später, egal wie oft ich nach ihm rief...

Guten Morgen...

... Kozo.

... nicht mehr aufwachen würde.

Das sind ...

Sehen Sie die dreieckige Konstellation hier?

Wie prächtig unsere Milchstraße doch ist!

Und nun zum Sternenhimmel im Sommer!

Ach, Kozo.

Das sind Wega...

... Deneb und...

... Wega, Deneb...

Supernova-Explosionen bringen neue Sterne hervor...

... und Altair.

Nicht doch!

... mit meinen Monologen.

Entschuldige, ich wollte dich nicht langweilen...

Und in letzter Zeit auch Neurowissenschaften.

Ja. Astronomie finde ich auch spannend.

Du studierst Physik, oder?

Du hättest die Erklärung vom Band gar nicht gebraucht.

Wow!

... dir gerne zu, Kozo.

Ich höre...

Kozo.

Ich glaube ...

... ich sollte auch langsam schlafen gehen.

...

Heute ist es eher auf Kinder ausgerichtet.

...

Trotzdem wurden so viele Erinnerungen wach.

Ich war vorhin in dem Planetarium.

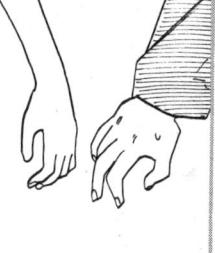

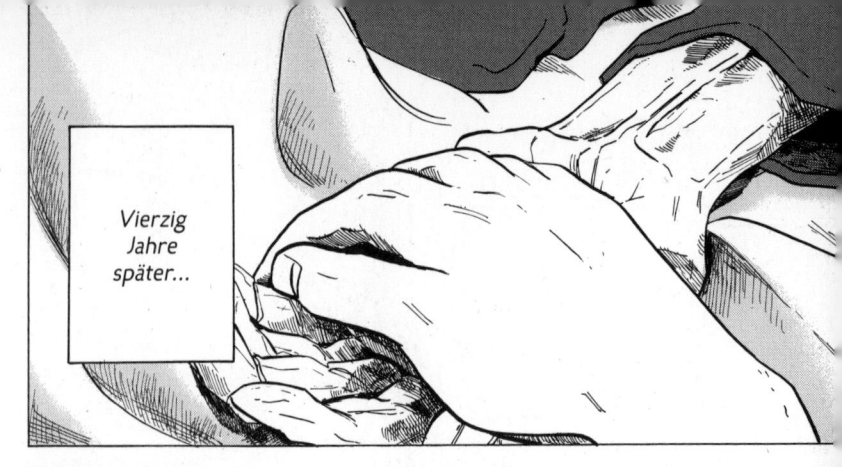

Vierzig Jahre später...

... um-schließt seine Hand nicht mehr die meine.

Und das ...

Ach, Kozo.

... ist so
warm.

Deine
Hand...

... obwohl sie
noch genauso
warm ist wie
immer.

Das tut
am meis-
ten weh.

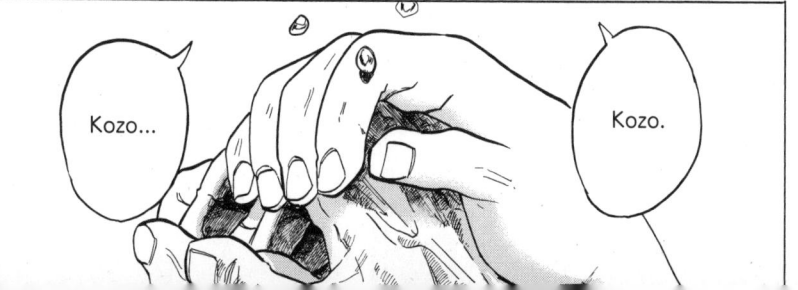

Kozo...

Kozo.

Wir sind doch eine Familie!

Das sind wir. Eine Familie.

Aber eine ohne Kozo.

Was, wirklich?!

Vielleicht hilft dir das ja.

Er hat auch zu Träumen und dem Gehirn geforscht.

Hier, den kannst du haben.

KLIM PER

Ich weiß, wie neugierig du bist.

Den Schlüssel zu Kozos Zimmer.

Hm?

Aus dir ist so ein lieber Junge geworden.

Warum schmeckt der Tee so süß?

Nanu?

Den Geschmack kenne ich...

Was?

Warum?

Neuerdings...

BLI

TZ

... forsche ich auch zu Träumen und dem Gehirn.

BLITZ

Aber ja! Von damals!

Sie ist aufgewacht!

Ich rufe die Schwester!

Sind Sie in Ordnung?

Wissen Sie, wer Sie sind?

Oh!

Wo bin ich...

Hm...

Der Traum...

Mit den Zeichen für »pflügen« und »drei«...

Kozo.

Nanu...?

Nein...

Ich bin...

... Kozo Ichinose.

BLITZ

Ihr Name...

Er hätte doch vorbei sein müssen...

Klingt... altbacken.

... lautet Sachie.

Mit den Zeichen für »Glück« und »Segen«.

Ganz und gar nicht!

... sind wohl ein Ehepaar.

Sachie?

... leidet unsere Familie...

Sie und ich...

... unter Amnesie.

Schein-bar...

Oh, tut mir leid.

Das war unhöflich.

BIEP

Deine Oma, Sachie Ichinose...

... ist aus unbekanntem Grund ins Koma gefallen.

BIEP

Kapitel 32: Familie Ichinoses Zerfall

... zusammengebrochen aufgefunden?

Du meintest, du hast sie...

Ja...

Ihr Leben ist nicht in Gefahr.

Aber wann sie aufwacht, kann niemand sagen.

Koma?

Ich hoffe, dass ihr das irgendwie als Familie durchste...

Muss hart für dich sein, da du auch erst aus dem Koma erwacht bist.

Das MRT war auch unauffällig.

Es deutet nichts auf einen Unfall oder Sturz hin.

Ah, Tsubasa!

Du bist zurück!

Ich suche Omas Sachen zusammen fürs Krankenhaus.

Ja, hallo...

Entschuldige das Chaos!

Formular zur stationären Aufnahme

Beunruhigend, oder?

Sie wissen nicht, warum Oma im Koma ist, Mum.

Essen hab ich dir hingestellt. Hau rein.

... sind übertrieben fröhlich.

Mama und Papa...

Aber ohne Ursache kann man...

... sowieso nichts machen! ♪

Was meinst du...?

Deine Mutter hat zu tun! Kann das nicht warten?!

Nicht jetzt, Tsubasa!

Mum!

KR

PP#

... weil du krank warst.

Ewig kannst du auch nicht Rücksicht verlangen...

KRPP

KRPP

KRPP

KRPP

KRPP

Ich muss Omas Aufenthalt vorbereiten.

Versteh das doch bitte!

Oh.

Tut mir leid.

Hab heute mein Gehalt vom Burgerladen bekommen!

Ah, grüß diiich!

Als Teamleiter verdiene ich jetzt ein bisschen mehr.

Ich bin wieder da, Minako.

210.000 Yen

* ca. 1.220 Euro

Hä?

Was ist dabei rausgekommen?

Hast du dich nicht auf eine Forschungsstelle beworben?

Wolltest du nicht wieder deine alte Arbeit aufnehmen?

Sag mal, Kakeru.

Dein Sorry bringt uns jetzt auch nichts.

Sorry ...
>‹

... wenn du mir so was mitteilst, weißt du?

Wäre schon schön ...

Oh... die haben mir letzten Monat gesagt, dass ich das Interview nicht geschafft hab.

Sorry...

Ans Gesparte für Tsubasas Oberschule will ich nicht dran.

Deswegen überlege ich, ob ich nicht nachts wieder arbeiten gehe.

Wir werden zu viert kaum Geld haben.

Der Aufenthalt deiner Mutter wird nicht billig.

Seitdem...

... Fall!

Auf gar keinen ...

Komm doch öfter mal nach Hause, Shiori!

... ist die Stimmung echt angespannt zwischen ihnen.

Für mich war niemand da, wenn's mir schlecht ging.

Nach dem Unfall waren sie...

... nur noch mit sich beschäftigt.

Warum nicht?!

... und hast keinen blassen Schimmer!

Du warst vier Jahre weg...

Ich...

Nach der Oberschule... ziehe ich aus.

Shiori ...

... auf uns zu schieben, ist nicht fair!

Und das jetzt...

... will nicht länger in diesem Haus sein.

Also! ♪

Lasst...

... uns esseeen! ♪

Aber du bist hier, Shiori! Das freut mich! ♪

Äh.

Ist lange her, dass die ganze Familie am Tisch saß! ♪

Ich...

Aber Oma und Opa...

... fehlen.

Stimmt's?

... wünschte, ihr würdet endlich aufhören mit dem Friede, Freude, Eierkuchen!

Ich bin nur gekommen, um euch das zu sagen.

Wieso?

Weißt du doch!

Das ist so unfair!

... kein bisschen leid?

Tut dir denn Oma...

Aber auf einmal sind wir Freunde?

Du hast immer nur an dich gedacht, Mum.

Obwohl Opa eh nie mehr aufwachen wird.

Dass Oma nie im Haushalt mithilft.

Shiori...

Aber jetzt, da sie krank ist, ist sie ein Engel?

Du hast dich doch selbst beschwert, Mum!

Für Oma gab's...

... nie was anderes als Opa.

Tsubasa!

Halt du dich da raus!

Hört doch auf...

... nie gesagt.

Doch, hast du!

So etwas habe ich...

Äh...

Hey...

Sag du doch auch mal was, Papa!

Ich glaube...

... meine Mutter ist glücklicher so.

Äh... Also ...

Weißt du mehr, Papa?

Kakeru, sprich endlich mal ein Machtwort!

Nun schlafen sie beide...

So ist sie nicht mehr allein.

Die Sache mit meinem Vater hat sie total mitgenommen.

... und träumen was Schönes. So ist es besser.

Entschuldige mal! Willst du sagen, es ist besser, dass sie im Koma ist?

Nein ...

Also...

Träumen?

Äh, sorry ...

Nix da, sorry!

Du hast ja keine Ahnung! Kein Wunder, dass du das Interview verkackt hast!

Nein!

... freust dich, dass deine Mutter schläft?

Ich reiß mir täglich den Arsch auf für diese Familie und du...

KLANK

ガタ

Sag das doch nicht so, Mum...

Alles vergessen?

... und schön vor sich hin schlummern!

Wie überaus schön für sie!

Keine Pflege mehr, keine Krankenhausgebühren! Einfach mal alles vergessen...

... wechselt ihr Opas Windeln!

Schön, ab heute...

Und wenn ich mich beschwere, bin ich die Hysterikerin.

Hält man ja im Kopf nicht aus!

Ist wohl selbstverständlich, dass ich das alles mache.

Wenn du so erwachsen bist...

... übernimm Verantwortung!

Also?

Aber ich...

... von den Eltern durchfüttern lassen.

Immer groß daherreden und dich...

Du übernimmst das jetzt, Shiori.

Du meckerst immer nur und machst nie einen Finger krumm.

SCHNIEF

... unfair!

Shiori...!

Aber...

... das ist...

Dann mach du's!

Verdien du mehr Geld!

Du bist erwachsen. Steh du deinen Mann!

So kindisch.

Weinen als Lösung für alles.

Minako, sie **ist** noch ein Kind!

Uh...

Ngh!

Uh!

Shiori...

Sie wissen doch alle über diesen mysteriösen Traum Bescheid, oder?

Die ganze Familie leidet an Amnesie

Was bedeuten die Worte in Opas Zimmer?

Kommt schon!

BIEP

Ist Oma wirklich grundlos ins Koma gefallen?

Warum sprecht ihr nicht über ihn?

Und ...

Wo ist er gerade?

... und ich will auch weiterhin eine bleiben!

Also, bitte...

Sagt es mir doch!

Ich muss es wissen! Wir sind Familie...

Tsubasa ...

... erzählt mir von Souta!

Bitte!

Bitte!

Ich bitte dich!

Erwähne Souta in meiner Gegenwart nicht noch mal!

SCHNIEF

SCHNIEF

SCHNIEF

Kapitel 33 : Soutas Gegenwart

Was ist mit Souta?

Wo ist Souta hin?

Was ist passiert?

Sagt es mir!

Souta war unser Held.

... gegen Übelkeit beim Autofahren.

Limo soll gut sein...

Er hat immer so hell gestrahlt.

Freundlich, gutaussehend, stark.

Immer ...

Tsubasa!

Du schaffst das.

Und jetzt...

... ist Souta nicht mehr da.

Souta.

Souta...

Komm schon, Tsubasa!

... haben wir ihm geraubt.

Soutas Lächeln...

Souta will Fotograf werden!

Habt ihr gehört?

Er und seine Flausen im Kopf.

Er hat dich veräppelt.

Das ist doch nur ein Hobby.

Was? Fotograf?

Wooow!

Er will die ganze Welt bereisen!

Hat er nicht!

Irre!

Tust du mir einen Gefallen?

Aber, Schatz.

Du bist doch so klug, Souta.

Ist er wirklich!

... auch im Album! Schaut's euch mal an!

Ihr seid ...

Klar.

... was es bedeutete, dass niemand je sein Album angeschaut hat.

Mir muss damals bewusst gewesen sein...

Vielleicht habe ich es ihnen deshalb gesagt.

... ist das traurige Gesicht eines Jungen...

Ich liebte es, Souta lachen zu sehen...

... beim Anblick seiner kaputten Kamera.

... aber alles, woran ich mich jetzt erin- nere...

Es tut mir leid!

So leid!

Es tut mir leid!

Sieht nach einem erfüllten Tag aus ...

Bin ja da!

Papa!

... für den jungen Vater und seine Familie!

Diesen Sommer...

Umso mehr freut sich der Strandverein über das positive Feedback.

... hat der Strand von Fukui erstmals seit der Coronapandemie wieder geöffnet.

Danke fürs Mitmachen!

Danke, dass Sie zu den Nachrichten um 17 Uhr eingeschaltet haben!

So viel von mir!

Eis

LIVE

Waaas?!

Baderinge-Verleih
Ein Tag
500 Yen

Leute,
was ist
hier los?!

Kapitel 34: Tsubasas unerwartete Begegnung

Mooooment!

Wie
hast
...

... du
mich
gefun-
den?

Tsuba-
sa...?

Und er ist so groß...

Äh...

Du bist...

... verheiratet?

Haha, Tsubasa.

Äh, hi...

Hallo!

Nein, ihr habt einen Sohn...

Oder ist sie deine Freundin?

Wir sind weder ein Liebespaar noch eine Familie.

Du verstehst da was falsch.

Oh, ach so...

Warte, was?

Im Grunde kennen wir uns kaum.

Wir mögen nicht blutsverwandt sein...

... aber wir leben zusammen...

... und helfen uns gegenseitig.

Wie bitte?!

Bin zurüüück!

Oder willst du Corona bekommen?

Wasch dir die Hände!

Ah, Kenta!

TRAPPEL TRAPPEL

Ja, aber er kann auch ganz schön frech sein!

Kenta ist so ein braver Junge, oder?

SCHRUBB SCHRUBB FSCHHH

Corona-abwehr!

Ich hab Gelee gemacht.

Magst du mitessen?

Komm schon her, bevor du noch Wurzeln schlägst.

Chubasa!

Guten Appetit!

Äh, okay.

KLANK

Argh!

Oh, nein!

... schmeckt nach nichts...?

Stellen wir uns mal vor.

Äh.

Ja.

Du bist also Soutas kleiner Bruder?

Das Gelee ...

Hä?

BLITSCH

Ich hab den Zucker vergessen!

Gelee aus Wasser und Gelatine, das gibt's doch nicht!

Ich bin Ayano.

Ich lerne gerade kochen.

Haha, du Tollpatsch!

Ich bin neun!

Ich bin Kenta!

Äh...

Schmeckt echt nach nichts.

FLITZZZ

Ich hole Sirup!

Deins schmeckt auch nicht, Chubasa.

... uns schon mal gesehen?

Haben wir...

HA

Aber...

... irgend-
wie...

Schweine-
fleisch mit
Ingwer.

Lang
zu!

Hab ich mich jetzt schon hier eingelebt?

Mo-ment mal!

Hä?

KLANK

KLANK

Also ...

Äh.

Ja, oder?

Die dunklen Stellen sind die besten!

Oh.

Okay!

Ist nur ein bisschen angeko-kelt.

Oh, okay.

Und...

Ich liebe es hier!

Ich hänge erst seit Kurzem hier rum.

Genau.

Und ihr drei kennt euch wirk-lich kaum?

... leben eure Familien dann auch hier in der Nähe?

SCHWEIGEN

Was ist hier eigentlich los, Souta?

Hä? Was denn?

Das sieht dir wieder mal so ähnlich, echt!

Warum gehen die beiden nicht nach Hause?

Ihr drei lebt zusammen, seid aber keine Familie?

... weil wir von unseren Familien verletzt wurden.

Wir drei sind hier...

Er saß mutterseelenallein draußen rum.

Und Kenta habe ich auf der Straße aufgegabelt.

Ayano hat keine Verwandtschaft mehr.

Äh...

... spüren wir den Schmerz der anderen.

... weil wir von unseren Familien verletzt wurden...

Wir verstehen uns besser, als es eine Familie je könnte.

Weißt du...

Ich glaube...

Ich geh nicht mehr nach Hause zurück.

... vermissen dich voll! Komm doch wieder zu...

?

Aber Mum und Shiori...

Immer noch besser, als dem Traum einer perfekten Familie nachzurennen.

ZLLRP

Das muss dir doch klar sein, oder?

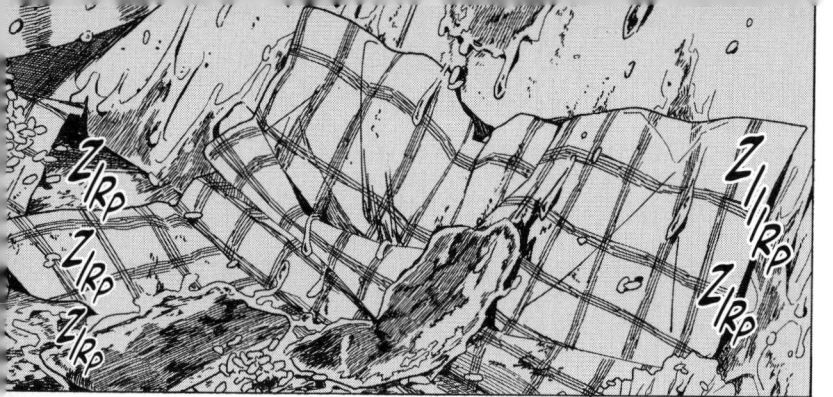

... leben aber zusammen?

Sie sind keine Familie...

Das ist so was von komisch!

Tsubasa ...

Tsubasa.

Und doch...

... wie eine
richtige
Familie.

Fortsetzung folgt

... waren sie immer lang und geschmeidig.

Auch im Traum...

Als kleines Mädchen hatte sie glatte Haare.

Deine Haare sind ja jetzt voll lockig!

Shiori.

In nur vier Jahren?

Sag das nicht noch mal!

Ist doch nicht schlimm!

Was denn?

Schau mal dich und dein Vogelnest an!

Kein Verwackeln mehr!!

New Model

Mit der neuesten Kamera

Souta.

Damit kann jeder gute Fotos machen.

Äh...

Okay.

Ab-marsch!

Los!

Machst du noch

... Fot... ...

THE ICHINOSE
FAMILY'S
DEADLY
SINS

THE ICHINOSE
FAMILY'S
DEADLY
SINS

THE ICHINOSE FAMILY'S DEADLY SINS

HALT!

ist eine japanische Serie, die originalgetreu von »hinten« nach »vorne« und von rechts nach links gelesen wird! Schlagt das Buch also »hinten« auf und blättert Seite für Seite nach »vorne« weiter! Auch die Bilder und Sprechblasen werden von rechts oben oben nach links unten gelesen, wie es in der Grafik gezeigt wird! Hayabusa wünscht gute Unterhaltung!

HAYABUSA

2024 Carlsen Verlag GmbH, Völckersstraße 14-20, 22765 Hamburg

Aus dem Japanischen von Gandalf Bartholomäus

ICHINOSEKE NO TAIZAI © 2022 by Taizan5

All rights reserved.

First published in Japan in 2022 by SHUEISHA Inc., Tokyo.

German translation rights in Germany, Austria, Luxembourg and German-speaking Switzerland arranged by SHUEISHA Inc. through VME PLB SAS, France.

Covergestaltung: Sonnenfisch Production – Laura Bartels

Redaktion: Lisa Duty

Herstellung: Maria Niemann

Alle deutschen Rechte vorbehalten.

Wir behalten uns die Nutzung unserer Inhalte für Text und Data Mining im Sinne von § 44b UrhG ausdrücklich vor.

ISBN: 978-3-551-62457-4

www.hayabusa-manga.de
www.carlsen.de
hayabusa_manga
carlsen_hotpot

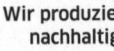

MIX
Papier | Fördert
gute Waidnutzung
FSC® C083411

Wir produzieren nachhaltig

- Klimaneutrales Produkt
- Papiere aus nachhaltigen und kontrollierten Quellen
- Hergestellt in Europa